Pierre VEBER

PENSÉES

D'UN

MERCANTI

PARIS

J. FERENCZI ET FILS, EDITEURS

9, RUE ANTOINE-CHANTIN (XIVᵉ)

1924

LIBRAIRIE J. FERENCZI & FILS
9, Rue Antoine-Chantin — PARIS (XIVᵉ)

Dernière nouveautés recommandées

Paul ABRAM	Une Femme et des Hommes, roman	6 75
Félicien CHAMPSAUR	Hurluberlu, roman	7 50
Charles DE BUSSY	Le Suicide du Cœur	6 75
Charles DERENNES	Le Pou et l'Agneau	6 75
Lucie DELARUE-MARDRUS	Le Pain Blanc, roman	6 75
Jean d'ESME	L'Ame de la Brousse, roman	7 »
Gustave GAILHARD	Amrou B'ba, marchand d'esclaves	7 50
Huguette GARNIER	Quand nous étions deux, roman	6 75
Marion GILBERT	La Trop aimée, roman	6 75
Suzanne GOLDSTEIN	La Cabotinite, roman	6 75
Gustave GUICHES	En Vacances !	7 50
G. de la FOUCHARDIÈRE et Félix CELVAL	Son Excellence le Bouif, roman	7 »
Lydie HENRY-LACAZE	Les Irresponsables, roman	6 75
Jean de LA HIRE	La Capitane, roman	7 »
Eve-Paul MARGUERITTE	La Folle poursuite, roman	6 75
Francis de MIOMANDRE	Le Greluchon sentimental, roman	6 75
RACHILDE	L'Hôtel du Grand Veneur	6 75
L.-F. ROUQUETTE	Le Grand Silence Blanc	7 50
— —	La Bête Errante, roman	7 50
J.-J. RENAUD	Lumières dans la Nuit, roman	6 75
SHERIDAN	Le Pedzouille, roman	6 75
Charles TARDIEU	Cinq à Sept, roman	6 75
Pierre VEBER	Archytas-Roi	6 75

Tirages spéciaux sur papier vergé et alfa des Papeteries Lafuma

2943-2-24. — Imp. HENRY MAILLET, 3, rue de Châtillon, Paris

PENSÉES

D'UN

MERCANTI

Pierre VEBER

———

PENSÉES

D'UN

MERCANTI

PARIS
J. FERENCZI ET FILS, EDITEURS
9, RUE ANTOINE-CHANTIN (XIV°)

—

1924

Pensées d'un Mercanti

AVANT PROPOS

———

Le petit livre que nous présentons parut à Bruxelles, il y a une dizaine d'années, sans nom d'auteur; aucune mention d'éditeur, aucune d'imprimerie ne pouvaient renseigner les curieux; à coup sûr, ces Pensées d'un Mercanti émanaient d'un homme de métier. Elles eurent un assez vif renom, et l'édition fut rapidement épuisée. On en publia des extraits en divers journaux; mais il semble que le succès de cette plaquette ait dépassé les espérances du Mercanti, et, soucieux de sa tranquillité, ne voulut-il pas exploiter une réussite inquiétante dans l'avenir?

A cette époque, il était encore directeur de plusieurs théâtres, situés en divers pays; la robuste sincérité de certaines pensées lui eussent attiré la rancune de confrères un peu malmenés.

Pour la première fois de sa vie, ce négociant déterminé repoussa les dons de la fortune. Les Pensées d'un Mercanti, réclamées par tous, n'eurent pas de seconde édition. Je suppose que cet homme intelligent goûtait un plaisir infini à rester sur l'impression d'un triomphe imprécis. Il avait « fait son effet » et il rentrait dans sa pénombre, sans avoir cédé au vain désir de s'enorgueillir. Ainsi les Pensées d'un Mercanti auraient disparu sans un incident que je me permets de relater; étant à Liége, où m'avaient appelé une série de conférences, je me liai avec Maurice Gauchez, le plus subtil parmi les défenseurs de l'esprit wallon; un soir, après le théâtre, nous sirotions des cocktails, en discutant dramaturgie, lorsque Gauchez tira un petit livre de sa poche, un in-18, très soigneusement imprimé, et me le tendit : « Je parie que vous ne connaissez pas ça! »

— Qu'est-ce que c'est?

— Les Pensées d'un Mercanti, une bro-

chure rarissime; je vous la prête. Vous l'aurez lue en quelques minutes. Vous me direz ce que vous en pensez?

Rentré à l'hôtel, je me mis en devoir de parcourir ces Pensées; quelques-unes me plurent, et je les recopiai pour en faire l'objet d'un article, qui parut au Gaulois.

Le lendemain, j'allai voir Gauchez et lui demandai quelques précisions sur l'auteur de ce menu pamphlet; mon ami me répondit : « Personne ne peut dire exactement quel fut l'auteur de ces lignes; en Belgique, nous savons garder un secret. Durant une année, mes confrères s'évertuèrent à découvrir le Mercanti cynique dont la rude franchise trahissait les arcanes du métier; ils soupçonnèrent cinq ou six personnalités dramatiques, un directeur à prétentions littéraires, un acteur qui jouait parfois au journaliste, un auteur dont les pièces étaient régulièrement refusées, un chanoine et le tenancier d'une maison discrète, ancien normalien. Ces messieurs, flattés dans leur orgueil, se défendaient mal; à cela nous connûmes qu'ils étaient innocents. D'ailleurs, ils eussent été trop heureux d'exploiter le volume, s'ils en avaient été les auteurs. La curiosité se lassa. Seul, je m'obstinai; je ne voulais pas en avoir le démenti! J'appliquai au problème la vieille méthode d'investigation léguée par nos maîtres.

« L'auteur était certainement Belge; vous avez dû observer des « belgianismes » excessifs dont ces pages sont émaillées; c'était incontestablement un directeur; cela se trahissait à la façon dont il parlait des auteurs, des acteurs et des managers; c'était un homme âgé, puisqu'il faisait complaisamment allusion à ses anciennes bonnes fortunes; c'était un retraité, telle ou telle réflexion datait. C'était un isolé, sans famille, sinon il n'eût pas cherché la distraction d'écrire; et des parents proches eussent cédé à la tentation de vendre une confidence. C'était un homme riche, pouvant faire les frais d'une édition assez coûteuse; c'était un homme puissant et redoutable, car il avait eu forcément des complices, qui ne l'avaient pas dénoncé. Le cercle de mon enquête se rétrécissait peu à peu.

« J'acquis la conviction que le livre n'avait été ni composé, ni tiré en Belgique. Je connais presque toutes les imprimeries d'ici. Selon moi, l'impression aurait été faite en Angleterre, dans un patronage. Et l'auteur a dû surveiller jalousement

le travail, qui est parfait; il a dû également four-
nir le papier, qui vient de manufactures spéciales;
nous n'avons pas ces papiers-là dans les pays
latins.

« Ce qui me frappa le plus, ce fut l'extraordinaire discrétion avec laquelle l'ouvrage fut lancé:
les librairies le reçurent sans indication postale; le
service fut distribué par des porteurs mystérieux;
aucune dédicace. Jamais l'auteur anonyme ne re-
mercia les critiques. Avouez que cette modestie
est rare! Nanti de ces remarques, j'avais déjà re-
constitué mon inconnu; il ne restait qu'à lui trouver un nom. Or, je crois bien être en possession
du secret, maintenant. Pour moi, le mercanti n'est
autre qu'un sieur D..., fort riche et qui vit en
avare au fin bout de la ville.

« Un curieux type que ce D... Dans la petite
autobiographie qui précède les Pensées, il nous
a complaisamment exposé ses débuts, sa conquête
de la fortune, ses victoires. En effet, c'est à Paris
qu'il fit ses premières armes; doué d'un sens aigu
du négoce, il sut, le premier, commercialiser l'art
dramatique. Il régentait vingt scènes, en France,
en Belgique, en Suisse; il administrait cent entreprises qui n'avaient rien à voir avec le théâtre.

Tout lui réussissait; pour l'arracher à la scène du monde, il ne fallut que six mois. Quelques entreprises parurent décliner; mon D... fut pris de panique. En quelques semaines, il liquida toute sa fortune, qu'il plaça en immeubles, dans ce Liége si riche et si accueillant. Il renonça soudain à tout ce qui avait été son cher souci. Il vint se cacher dans la seule ville où il n'ait pas eu de théâtre. Le bougre est encore solide, bien qu'il ait plus de soixante-dix ans; il vit avec une servante, touche ses loyers, sort peu. Il reçoit, de temps à autre, quelques macrobites de son espèce, des épaves de la vie. Il possède, dit-on, une bibliothèque remplie d'ouvrages précieux, des manuscrits introuvables. Jugez-en : Il a Le Roi d'Amatibou, de Labiche, dont il n'existe plus un exemplaire en France. Des gens l'ont sollicité de commanditer des affaires théâtrales, il a toujours refusé : « Je suis celui qui revient de l'Enfer! » disait-il amèrement.

« Si j'en crois la légende, ce vieux type aurait été l'amant d'un tas de créatures splendides; il aurait eu une jeunesse et une maturité encombrées. Il aime qu'on lui rappelle ce passé. Comme je suis directeur de revue, j'allai visiter ce vieux bonze et le priai de rédiger pour moi ses *Mémoires;* d'abord il parut tenté, puis se reprit :

« — Monsieur, je ne sais pas écrire!... J'embrouille mes souvenirs. Tout cela est trop lointain, on ne sait plus qui j'ai été... Non! Tout bien réfléchi, c'est impossible!

« Le vieux malin avait éventé le piège où je voulais l'attirer. »

Le lendemain, je me présentai chez M. D... Il me reçut affablement, me fit quelques compliments; je lui développai mes idées sur le théâtre en lui récitant mes récentes conférences. Peu à peu il s'anima, se livra; vraiment, ce n'était pas un homme ordinaire! Je me décidai à jouer le tout pour le tout, et, à brûle-pourpoint, je lui criai :

— C'est vous l'auteur des Pensées d'un Mercanti!

Il n'eut pas le temps de se ressaisir, il baissa la tête. C'était l'aveu. Je pris aussitôt mon avantage et je continuai :

— Rassurez-vous, je n'abuserai pas du secret que j'ai surpris. Je vous jure que je ne vous trahirai pas. Laissez-moi seulement rééditer le petit volume en question!

— Cela ne vaut pas grand'chose, objecta-t-il avec orgueil.

— C'est tout de même un document précieux pour l'histoire du théâtre. Je vous assure de toute ma discrétion!

Le vieux, au bout d'une heure, se laissa fléchir. Il me gratifia même d'un exemplaire sur japon, qu'il barbouilla d'une dédicace. Il insista :

— Que l'on ne sache jamais, au grand jamais, que c'est moi qui ai commis ça!... Plus tard, après ma mort, vous rééditerez la chose, mais vous tairez mon nom!

Je partis. Le pauvre D... mourut quelques semaines après, ainsi que me l'apprit Gauchez, dans une lettre charmante et très explicite. D..., se sentant perdu, avait fait réunir sur son drap d'agonisant tous les portraits jaunis de ses anciennes conquêtes.

Maintenant je suis délié de ma promesse et c'est pourquoi je livre à la publicité Les Pensées d'un Mercanti.

PIERRE VEBER.

MOI, PAR MOI

Petite autobiographie liminaire.

Au seuil de la vieillesse, désabusé, j'éprouve l'absurde besoin de réunir en recueil les réflexions médiocres que j'ai notées, au jour le jour, durant une longue et glorieuse carrière. Le voile de l'anonymat sera mon premier suaire. En vérité, je ne suis pas *un* Directeur, je suis *le* Directeur, tel qu'il a été et qu'il sera. Ma personne importe peu; toutefois, je crois être utile à mes successeurs en leur léguant les directives qui m'ont mené à la fortune. Ce que j'ai consigné, pêle-mêle, je le donne dans le même désordre; que chacun y picore à sa fantaisie. Je me présente en toute sincérité, ainsi que je serai lorsque je passerai le suprême Conseil de Révision.

Je suis ré quelque part, en France. Je pourrais insinuer que je suis le fils de pauvres ouvriers et que je me suis fait moi-même. Ce ne serait pas vrai. Mon père était officier ministériel et gagnait bien notre vie. Moi, je n'étais bon à rien, mais j'eus, plus tard, la satisfaction d'enrichir ma famille de médiocres qui me reniait. Après mon service militaire, qui se prolongea, j'entrai comme clerc dans une boutique de coiffeur située à Montparnasse. La clientèle était composée de jeunes artistes qui me donnaient des billets de théâtre. J'allais chaque soir au spectacle; cela m'ennuyait, mais il fallait bien utiliser les faveurs et livrer le lendemain mes appréciations aux généreuses clientes. De là datèrent mes premières affaires : j'avais noué des relations avec le marchand de programmes, le chasseur et le ramasseur de mégots; j'organisai leur commerce de si heureuse façon que l'on réclama mes lumières en divers établissements. C'est moi qui ai fondé le Consortium des Mégots, qui régit encore la Bourse des tabacs de seconde main. J'étais bouillant d'idées, que je mettais aussitôt à exécution. La coiffure ne m'intéressait plus et, d'ailleurs, j'ondulais fort mal. J'avais déjà un bureau.

Je groupai les portiers de restaurants en Société anonyme pour la protection des pièces mal venues; les résultats que j'obtins furent tout de suite excellents; nous prenions un four et le transformions en succès d'estime; nous prenions aussi les pièces à fin de course et leur redonnions une vie factice. Plus tard, ces humbles collaborateurs de la première heure me furent précieux.

Je n'osais encore me lancer; la buvette du Latin-Music-Hall était à prendre, je la pris; je sus gagner la confiance de quelques jolies femmes; autour de mon bar, entre minuit et deux heures, des Parisiens désœuvrés vinrent s'attabler. Ce fut ainsi que je captai mes premiers cent mille francs. J'acquis le Concert des Bateaux-Lavoirs, celui des Fatigués, un cabaret au Quartier Latin; tout cela prospéra. Cependant, je vivais comme un pauvre, même au temps de ma plus grande richesse. N'avoir pas de besoins, exploiter les besoins des autres, c'est toute une philosophie. Quand j'eus enfin mon premier théâtre, je sentis que je tenais la fortune. Avant moi, les directeurs négligeaient les petits moyens; le commerce du théâtre n'était pas, à proprement parler, un commerce. Le Directeur se contentait des mesquins profits : le rideau-annonce, les programmes, le café et les ouvreuses; la publicité était dans l'enfance; les intermédiaires prenaient la meilleure part du profit. Je mis ordre à tout cela; on peut dire qu'au théâtre le sous-produit est le véritable produit. La grande erreur de ceux qui dirigent un établissement est de chercher la grosse cote; il faut, au contraire, jouer la matérielle. Si l'outsider sort, tant mieux!

A ne vous rien cacher, je ne savais rien du métier; j'étais incapable d'évaluer la valeur d'une pièce que l'on me présentait. Je me décidais au petit bonheur; j'ignorais les noms des artistes célèbres et leur rendement, leur influence sur le public. J'ai failli commettre des impairs irréparables. Bah! Emile Perrin, qui fut le plus renommé administrateur du Théâtre Français, n'eut pas de plus brillants débuts. Moi, du moins, j'avais été coiffeur. Il n'était que peintre!

J'avais risqué une partie grave : promu à la dignité de Directeur régulier, j'avais voulu faire peau neuve; mes petits établissements de tout repos, qui me rapportèrent mes premiers sous, je les avais vendus pour réaliser la somme dont j'avais besoin. Quelle imprudence!... Il ne faut jamais quitter son port d'attache; mieux averti, j'aurais soldé ces établissements modestes, tout en y gardant un intérêt. Les petites affaires ne périclitent pas, elles! Elles rapportent peu ou prou, mais elles rapportent.

J'étais assez embarrassé, je faisais juste la matérielle; si de mauvais jours survenaient, comment pourrais-je durer? En cette minute critique, Loulou Dunez me présenta son ami :

— Tu verras, me dit-elle, c'est un type extraordinaire, follement riche, si tu as des ennuis, il t'en tirera!

Je dînai avec M. Bisoigne, fabricant de bâches. C'était un élégant jeune homme, roué comme potence, très averti, et qui connaissait à merveille le monde des coulisses; dès les premiers engagements de fer. M. Bisoigne me prévint :

— Mon cher, pour rien au monde je ne mettrai un sou dans une affaire de théâtre!

— Mais je ne vous demande rien! répondis-je avec indignation.

Nous causâmes. J'exposai quelques projets qui intéressèrent M. Bisoigne au plus haut point.

Deux heures après, nous avions signé un traité. Je prenais deux autres théâtres qui traînaient et j'étais sûr de l'avenir. J'ai toujours gardé M. Bisoigne, même aux heures bénies où je n'avais plus besoin de l'argent des autres : il me portait bonheur !

On ne s'imagine pas avec quelle rapidité l'argent vient, quand il s'est décidé à venir et quand on n'en a plus besoin. Le mauvais sort que je ne redoutais plus, se détourna vers d'autres confrères. La pièce sur laquelle nous ne comptions pas se mit à faire le maximum; j'en étais effrayé. A dater de ce jour, je compris toute la force de la médiocrité. J'exécutais les plans les plus fantastiques, je réalisais les conceptions les plus folles : il se trouva que tout cela était parfaitement logique et profitable. Au fond, c'était toujours constitué sur le modèle du Consortium des Mégots. Je faisais servir ce qui ne servait plus, dont personne ne voulait.

Sachez-le, mes frères, il n'y a pas de mauvaise affaire !... Pour créer la clientèle, il faut créer le besoin; et la publicité !... J'ai multiplié les placards qui forcent l'attention, les manières de contraindre les esprits distraits à lire une réclame.

J'ai lancé des pièces comme d'autres lançaient des remèdes; j'ai bousculé la routine des billets de faveur, les piètres ressources des directeurs aux abois. Maintenant, et grâce à moi, la cuisine nécessaire d'un succès a pris toute son importance. Ceux qui m'ont raillé ont cependant dérobé mes méthodes. La valeur d'une pièce est négligeable; d'abord êtes-vous sûr de cette valeur? Si vous persuadez le spectateur qu'il s'amusera, il s'amusera parce qu'il ne voudra pas avoir l'air plus bête que tous ceux qui s'y divertissent. Mettez dans un placard : « Immense succès de rire! » On rira.

Evidemment, il y a les « pièces d'art ». Cela ne me regarde pas!... Je suis, cyniquement, un mercanti, et je vends une marchandise. Il est douteux que je monte une pièce de M. de Curel; il est douteux que M. Curel m'en propose une, à moins qu'il ne soit pris de folie subite. Tout de même, mon ingérence soudaine dans la littérature contemporaine n'aura pas été inutile; j'aurai contribué à départager nettement le répertoire de commerce et l'autre. Ce sont désormais deux domaines bien différents. Je ne cherche pas à me justifier, j'ai trop d'orgueil pour cela. J'ai simplement adapté le divertissement aux nécessités de mon époque. La masse du public n'est pas remarquablement cultivée. Pourquoi voulez-vous élever l'âme de toutes ces bonnes gens qui ne vous demandent rien de pareil? Soyons résolument médiocres! Il y a dans le rire franc une certaine dose de mépris pour la cause de ce rire. C'est la jouissance de s'encanailler l'imagination? Soit! Alors, exploitons cette jouissance, rationnellement.

J'eus des mécomptes et je ne les dissimule pas; à plusieurs reprises, pour avoir trop compté sur l'ineptie du public, je me vis à deux doigts de la faillite. Nul ne connut mes affres. A force de bluff, je parvins à ramener ma clientèle hésitante et ceux qui tentaient de m'échapper, je les traquais à domicile! Je les aurais arquepincés par ministère d'huissier!... Ce furent de dures années de luttes; je triomphai, en définitive.

Je n'ai pas à rougir de l'aide que me procuraient diverses personnalités que je gratifierai du titre de Mécènes: une dame mûre, veuve d'un banquier connu; elle écrivait des vaudevilles invraisemblables que je fis retaper par de jeunes littérateurs obscurs et désintéressés. Un robuste expor-

tateur de denrées alimentaires se découvrit un talent de compositeur; je lui facilitai le moyen de se
produire. Il faut bien venir au secours des riches.
Ces choses-là n'ont pas d'importance si on sait les
accommoder discrètement. Quel directeur n'a pas
dans son passé des complaisances de cet ordre?
Il suffit de les oublier. J'entrai enfin dans la série
heureuse; j'avais découvert le type de pièce qui
plut au spectateur : un mélange de grivoiserie et
de sensibilité; une évocation sournoise des succès
périmés, un langage familier et incorrect, une
exploitation des comiques célèbres, bref la pièce
à succès fabriquée en série. J'employais quinze
auteurs à ce travail et je surveillais l'atelier. On
me soumettait chaque soir le résultat des travaux
exécutés par l'usine. J'eus ainsi une coopérative de
génies, où chacun avait son emploi distinct; mais
c'était moi qui donnais la formule définitive, qui
rectifiais les efforts. Hein?... Richelieu n'avait
pas rêvé cela?... Et pourtant ce pauvre cardinal
avait dessiné le plan d'une tragédie en coopéra-
tion! Seulement il ne s'était pas préoccupé de la
question de publicité qui primait tout.

Entre temps j'établissais des filiales en pro-
vince et à l'étranger. C'est comme cela que je

suis devenu Belge et un peu Suisse. J'achetais tous les théâtres que l'on m'offrait. De la sorte, j'imposais ma marque de fabrique. J'ai fait, j'ose le dire, le cartel de la gaieté!...

Dès que la chance vous favorise, elle vous obsède, elle vous envahit. Une affaire déplorable, à laquelle je m'intéressais, prospérait aussitôt; il suffisait que le populaire apprît que je m'y intéressais!... Mon nom était garant du succès. Je ne pouvais plus refuser ma participation aux entreprises qui me paraissaient aléatoires : « Votre nom! On ne vous demande que votre nom!... Vous ne risquez rien et vous touchez cent mille francs! » J'acceptais et l'affaire marchait sans que je m'en mêlasse! L'argent est un esclave qui se soumet au maître reconnu. J'eus assez de sang-froid pour ne pas me griser. Cette fortune tardive m'importunait, car elle ne me conférait que des devoirs. Avec un million, j'aurais été heureux : dix millions m'accablaient. Je courais de Conseil d'administration en Conseil d'administration; je ne dormais plus. J'avais des théâtres en masse, des charges et des revenus. J'avais l'air d'accaparer, je subissais. La facilité du gain est la plus cruelle, car elle vous ôte toute liberté de satisfaire vos désirs. Je pouvais tout et je n'avais pas le temps d'être un homme libre. Une cohorte de soucis m'assiégeait et troublait mes nuits. Les devoirs de l'amour n'étaient pas les moins obsédants; j'étais obligé d'aimer les créatures que le seul intérêt jetait dans mes bras. J'ai fait honneur à ma signature, mais à quel prix! Quelle existence tourmentée, bousculée!... Je n'étais jamais sûr du moment prochain et je n'ai jamais pu prendre un rendez-vous certain, ni une décision irrévocable. Je signais, j'embrassais, je courais, je discutais... Des minutes brèves, tantôt graves, tantôt frivoles... Tout cela dans un tohu-bohu où ma personnalité se dispersait et s'annihilait. Il ne subsistait de moi que l'individu créé par la légende, le monsieur multiple et supérieur qui guidait selon sa loi tant de convoitises. Si on avait su!

Une seule directive demeurait en mon esprit ballotté : « Prends garde!... Ça ne durera pas! Une minute viendra qui abolira tout!... Alors, tout ce qui t'a servi te desservira. Les éléments de ta fortune se retourneront contre toi. Ton bonheur insolent s'écroulera. Et tu retomberas! » J'ai vécu sous la menace de cette minute; je l'ai guettée peureusement, aux heures les plus rassurantes de mon triomphe. Elle m'a empoisonné, elle m'a rendu ombrageux; chaque soir, je me couchais en me disant : « C'est pour demain! » J'amassais des richesses inutiles pour me garantir contre cette minute. Elle est venue et j'ai pris peur. Moi qui avais risqué tant de parties perdues d'avance, qui avais surmonté tant de difficultés redoutables, j'ai eu peur d'un retour de chance. En quelques semaines j'ai liquidé tout mon passé! Je me suis vite réfugié dans la solitude.

Mon œuvre s'est éparpillée, ainsi que ma gloire éphémère. A présent, il ne me reste plus qu'une bibliothèque qui m'ennuie, une richesse immobilisée qui m'est à charge, et des souvenirs qui s'estompent. Je suis seul, vieux et fatigué!... L'ensemble de ma vie laborieuse se solde par ce petit ouvrage où j'essaie vainement de me continuer. Qui suis-je?... Personne ne le saura. Où vais-je? Vers le grand Peut-Etre. Pour l'heure, je ne suis qu'un lamentable vieillard qui collige des notes écrites au jour le jour. Vous y trouverez beaucoup d'orgueil et beaucoup d'humilité! Je ne me fais pas meilleur que je ne suis...

PENSÉES DISTRAITES

———

Quand j'ai commencé, je ne savais rien et je jouais n'importe quoi; j'ai gagné de l'argent. Plus tard, j'ai voulu choisir et j'ai perdu de l'argent; alors, je me suis remis à jouer n'importe quoi.

———

Si les acteurs étaient payés au prix qu'ils valent, et non à celui qu'il croient valoir, les frais de plateau seraient considérablement diminués.

———

Quand on dit d'un directeur : « C'est un artiste! » il est fichu!

———

J'ai toujours dépensé sans compter *pour ce qui se voyait;* j'ai toujours lésiné sur *ce qui ne se voyait pas.* De là ma fortune; j'allumais mille lampes sur la scène, et j'éteignais deux lampes sur trois dans les loges d'artistes.

, Un directeur doit passer pour un homme à femmes, et se garder de l'être réellement.

———

Surveillance et douceur : il faut savoir ouvrir l'œil... et fermer les yeux !

———

Répétition générale ? Un amas de rancunes liguées contre un succès.

———

Les critiques : des gens qui n'aiment pas le théâtre des autres, parce qu'ils en font eux-mêmes, ou parce qu'ils ne peuvent pas en faire.

———

En terme de marine comme de théâtre, la vedette, c'est un bateau.

———

J'encourage beaucoup les jeunes, pourvu que ce soient mes confrères qui les jouent.

———

Etre eng...uirlandé, c'est la meilleure publicité, celle que l'on ne paie pas et qui ne s'arrête jamais.

Je n'ai détesté personne, mais je n'ai raté personne.

———

J'ai cru à la chance, jusqu'au jour où j'ai découvert que j'étais intelligent.

———

La chance, c'est l'art de ne pas contrarier les événements.

———

Quand je donnais une pièce nouvelle, je m'empressais au préalable de la débiner. On la faisait réussir, rien que pour m'embêter.

———

Un jour, j'ai failli mourir; c'est la seule fois que l'on m'ait trouvé intéressant.

———

Mes auteurs favoris — j'entends ceux qui ont édifié ma richesse — ont été tour à tour mes amis et mes adversaires; moi, je restais implacablement leur ami.

———

Je suis né à Amiens, mais j'ai laissé croire que

.j'étais du Midi; cela rend la vie plus facile, car cela excuse tout.

———

Le meilleur moyen de dompter un ennemi, c'est d'en faire un complice.

———

J'ai toujours été honnête jusqu'au scrupule dans les affaires d'argent. Cela vous donne beaucoup de liberté pour les autres.

———

Je confie aux reporters : « Je vais bientôt me retirer des affaires! » Pure coquetterie! Je ne me reposerai qu'aux Champs-Elysées; encore ne suis-je pas bien sûr de n'y pas monter un Théâtre d'Ombres.

———

Je n'aime pas l'argent, c'est l'argent qui m'aime.

———

La seule manière de plaire au public, c'est de le mépriser.

On a toujours besoin de plus d'argent qu'on n'en gagne.

———

Je ne suis pas aussi riche qu'on le suppose; j'ai mis beaucoup d'argent de côté... et d'autre; j'en ai mis à côté! Mais on me croit riche et c'est l'essentiel!

———

Je ne regrette pas mes fours : il faut faire envie et pitié.

———

Il y a dans tout grand succès une forte part de médiocrité; sans cela, notre profession serait condamnée.

———

Un bon titre vaut mieux qu'un bon sujet et qu'une bonne pièce.

———

Un auteur « répandu » est généralement un auteur qui se liquéfie.

———

Nous avons plusieurs fléaux : la chaleur, le

froid, la neige, la pluie, le soleil! Allez donc vous y retrouver là-dedans!

———

Mon collègue X... m'a confié : « Je ne lis jamais une pièce, *je joue le nom de l'auteur.* » Quel gâcheur! Et dire qu'il a fait fortune!

———

J'ai vendu du rire et j'ai vendu des larmes, avec la même pièce à peine modifiée.

———

Les acteurs sont insupportables; il est plus difficile de faire une affiche que de faire un succès.

———

J'ai eu dans ma carrière deux ennemis terribles dont je ne suis venu à bout qu'au prix des plus grands sacrifices : moi, et mon homme de confiance.

———

Il n'y a qu'un désir que je n'ai pu satisfaire, celui de jouer la comédie.

Dans notre profession, on ne trouve que des
« entrebailleurs de fonds ». La finesse du jeu
consiste à s'en faire des commanditaires.

———

Les gens de théâtre se divisent en deux classes:
ceux qui donnent de l'argent pour avoir de
l'amour et ceux qui donnent de l'amour pour
avoir de l'argent. Les premiers sont les commanditaires.

———

J'aurai bientôt la Légion d'honneur, et je me
demande ce que Napoléon Ier aurait pensé de
ça!

———

Le théâtre est-il un art? Est-il un commerce?
C'est un art quand ça ne réussit pas.

———

Vanité de la critique, dont un placard de publicité peut reviser le jugement...

———

J'ai fréquenté les plus grands personnages, les

plus puissants et les plus riches; tous m'ont réclamé des billets de faveur. Ils en eussent trouvé
chez le plus proche marchand de vins.

Je n'aime pas qu'on me lise des pièces, je préfère les lire moi-même; au moins, je puis arrêter
la lecture à mon gré.

Si je reçois une pièce finie, je la mets de côté;
au bout de deux mois, je n'y pense plus; au bout
de trois mois, je la prends en horreur et je n'ai
plus qu'une idée : m'en débarrasser.

Une pièce reçue sur un vague scénario vous
réserve de pures joies; on la fabrique à l'avant-
scène, chacun apporte sa contribution, fournit des
idées; et, somme toute, ce n'est pas plus mauvais
qu'autre chose; on a, en plus, le charme de l'im-
prévu.

Je n'ai jamais dit : « Je veux! » Mais :
« Vous voulez? »

Quand un théâtre ne marche pas, vendez-le, vous ferez une bonne affaire; quand il marche, vendez-le aussi; c'est encore une bonne affaire!

———

Je travaille le matin, je travaille l'après-midi, je travaille le soir. Et notre métier passe pour une sinécure!

———

Le directeur de théâtre est le seul commerçant que la faillite ne puisse enrichir.

———

Ce qui juge notre profession, c'est qu'Antoine s'y est ruiné, alors que M. X... est devenu millionnaire.

———

Mercanti, tant que vous voudrez! Mais voulez-vous ma place? Tâchez de la prendre!

———

L'auteur remercie les artistes, le décorateur, le costumier, les machinistes; il oublie généralement le directeur, à moins qu'il ne se brouille avec lui.

Je suis parti de rien, et je ne suis arrivé à rien; comme Siéyès, j'ai vécu.

———

Pas d'auteur-directeur, ni de directeur-auteur; chacun son métier, les Muses seront bien gardées.

———

Si Molière, Corneille et Racine se produisaient à notre époque, ils trouveraient toutes les portes fermées.

———

On a toujours une raison valable pour refuser un bon ouvrage; il suffit de trouver les mots « à remporte-pièce! »

———

Je me suis fait apprécier grâce à ma franchise, car je n'ai jamais hésité à dire aux gens tout le bien que je ne pensais pas d'eux.

———

« Il n'y a pas de claque à l'Opéra-Comique! »... mais, heureusement, il y en a dans les environs.

Je ne sais rien de plus odieux qu'un homme modeste : c'est un vaniteux rentré.

———

C'est à tort que l'on m'a cru hardi et bien portant; hélas! j'ai sans cesse mal à l'estomac... que je n'ai pas.

———

Je ne veux pas me faire meilleur que je ne suis; on en abuserait.

———

En général, un *four* n'est qu'un succès que l'on n'a pas su exploiter.

———

La pièce à thèse : une vieille roulure que l'on habille en bébé.

———

Il ne faut pas craindre les pièces ennuyeuses; quand le public s'ennuie, il croit qu'il pense, et ça le flatte.

Le Théâtre a résisté aux taxes, aux impôts, au Cinéma, au Dancing, à la T. S. F. Faut-il qu'il ait la vie dure !

———

J'ai entendu un auteur adresser à une de ses interprètes ce madrigal : « Madame, vous êtes une étoile dont je voudrais faire une comète ! »

———

L'auteur devient, du même coup, l'amant de l'étoile et l'ennemi du Directeur.

———

Un jeune qui fait reconnaître son enfant par un vieux ; c'est l'histoire de bien des collaborations.

———

Une pièce n'est jamais finie ; l'auteur, les interprètes la modifient sans cesse ; et le jour de la dernière, ils y travaillent encore !

———

Un auteur, à qui je reprochais sa rosserie, me répondit : « Je n'ai jamais pu retenir une méchanceté; il me semble, quand je l'ai dite, que je ne la pense plus! »

———

Une collaboration résiste rarement à la prospérité.

———

Les collaborateurs se trompent l'un l'autre, comme les amants. Mais leur réconciliation donne toujours naissance à un bel ouvrage.

———

Au théâtre, il n'y a pas de haine durable, ni d'amour fidèle.

———

Un homme qui a « du caractère » l'a forcément mauvais.

———

La susceptibilité n'est qu'un sous-produit de la vanité. L'orgueil l'ignore.

———

Représentation de charité : tout le monde donne, sauf ceux qui l'organisent.

La claque est inutile, depuis qu'on a supprimé le sifflet.

———

Impossible d'apprécier : Mlle X... qui n'a aucun talent, « ne manque pourtant pas de talent ! »

———

Pourquoi chaque critique dramatique se termine-t-elle par l'éloge minutieux de toute la troupe? Cela devrait se faire à part, ou ne pas se faire du tout. Vous donnez à l'acteur un certificat de collaboration; s'il a été bon, il a rempli sa fonction, sans plus. La citation à l'ordre du jour ne devrait être réservée qu'aux artistes de génie.

———

Quand vous écrivez : « Les toilettes de Mme Z... étaient ravissantes », vous dédiez à Mme Z... un compliment dont elle se passerait volontiers.

———

Mettez tous mes confrères dans un sac, vous n'en tirerez qu'un sot.

Un directeur dit à une jeune artiste : « Vous fournissez vos toilettes, vous fournissez vos chaussures, vous fournissez vos chapeaux, vous fournissez vos bas et vos gants. — Et vous, répond l'autre, est-ce que vous fournissez l'amant qui paiera tout cela ? »

———

Un moyen sûr de faire de l'argent dans un théâtre, c'est de le transformer en banque. Et encore...

———

Epictète a dit : « La difficulté que nous éprouvons à obtenir les choses, objets de nos désirs, nous les rend plus précieuses quand nous les avons, et plus indifférentes quand nous en sommes privés ! » Après tout, est-ce Epictète qui a dit ça ?

———

Il faut s'emparer du bonheur.

———

Un de mes auteurs, assez pillard, paraphrasait ainsi un vers célèbre : « L'esprit qu'on veut avoir gâte celui qu'on vole ! »

N'abusez pas des pièces pornographiques; tout
cochon a dans le cœur un homme qui sommeille.

———

Le public vous sait peu gré des sacrifices que
vous faites pour lui.

———

Petit dialogue : « Ma parole vaut mieux qu'un
écrit, dit le Directeur. — Et qu'est-ce qui vaut
mieux que votre parole? » demande l'Auteur, in-
quiet.

———

On finit par avoir raison quand on se trompe
avec décision.

———

T. B. me disait : « On a fêté ma centième, le
jour de la quatre-vingtième, qui n'était d'ailleurs
que la cinquantième!

———

Phraséologie qui ne trompe personne : une
pièce est toujours interrompue « en plein succès
et par suite de traités antérieurs ». De la sorte,

auteurs, directeurs et spectateurs passent pour des idiots.

———

Une actrice vertueuse, c'est un fléau, même si elle est laide.

———

J'ai trouvé des Jeunes Premiers, des Comiques, des Ingénues; mais que de mal j'eus à dénicher un bon souffleur!

———

On a multiplié les répétitions préventives : répétitions de costumiers, de modistes, de cordonniers, d'éclairage, etc; rien de tout cela n'empêche la Générale, où se concentre la malveillance parisienne.

———

Quand un spectateur entre dans un théâtre avec un billet de faveur, il prend aussitôt une âme de juge implacable. Il n'y a d'indulgent que *le cochon de Payant.*

———

L'Agent de publicité est un habile homme qui

profite également de votre misère et de votre triomphe.

———

Le maître du théâtre contemporain, c'est le chasseur de restaurant.

———

Un ridicule voyant est la meilleure forme de la publicité.

———

Mon principal interprète a une écurie de courses; moi, je n'ai jamais fait courir que des bruits, et j'ai gagné à tout coup.

———

J'ai fait la fête, et j'en suis réduit à l'eau de Vichy; il ne faut pas dire : Tonneau, je ne boirai pas à la fontaine! »

———

Deux corps de métier odieux : les machinistes et les musiciens d'orchestre. La pièce rêvée est celle-ci : un seul décor, six personnages au plus, des costumes de ville et pas de musique.

La femme, a dit Pascal, est un roseau dépensant.

———

Un engagement est un papier timbré, signé par deux personnes également timbrées.

———

Il n'y a pas de métier plus fatigant que celui d'artiste dramatique : il faut tout le temps être debout... ou couché.

———

Capus conseillait à un jeune homme : « Ne sois pas antisémite, mais n'empêche personne de le devenir ! »

———

Ayez des ennemis ! Vos amis se lasseront de parler de vous ; vos ennemis, jamais !

———

L'esprit de dialogue est tout différent du véritable esprit ; ce n'est même pas de l'esprit. Je vous défie de lire une pièce qui vous a paru spirituelle ; c'est lamentable !

Compétence de cabots : une grande Sociétaire, Mlle R..., formulait son jugement sur une pièce que l'on venait de lire au Comité : « L'ouvrage est mal *écrite!* »

———

Nous avons refusé l'entrée de notre Association à notre confrère S... Cela donnait à entendre qu'il n'y avait qu'un malhonnête homme dans notre corporation.

———

Il ne faut pas montrer trop de femmes nues aux spectateurs, comme il ne faut pas donner trop de viande aux chiens, ça les rend malades.

———

Une bonne pièce est toujours bien jouée.

———

Calculez exactement tous vos frais, après quoi vous pourrez ajouter un tiers de la somme trouvée, et vous ne serez pas loin de la vérité.

Pardonnez tant que vous voudrez, mais n'oubliez jamais!

———

Sarah disait jadis : « J'ai le théâtre le plus commode à diriger, parce que les deux sexes ne risquent pas de s'y battre! »

———

Mettre les autres en colère, et garder son calme. Ne crier que si l'on n'a pas raison.

———

La profession d'artiste dramatique vieillit les hommes et rajeunit les femmes.

———

Les comiques les plus laids sont les mieux aimés.

———

Un proverbe dit : « Il faut prendre son mal en patience »; un autre : « Il faut prendre sa femelle en patience! »

Une femme qui dirige un théâtre est parfois remarquable; une femme qui dirige un directeur de théâtre est toujours néfaste.

———

On meurt un peu de chaque ambition réalisée.

———

Le directeur M... disait à Georges Feydeau : « Tu es resté bohème, tandis que moi, je suis arrivé. — Pardon! rectifia Feydeau, tu veux dire *parvenu!* »

———

Il y a un langage du théâtre.

Un auteur prend à part le principal interprète et lui explique longuement son personnage; l'autre n'y comprend goutte..

Survient le régisseur qui dit brutalement à son camarade : « Tu avances de deux pas vers le jardin, tu t'arrêtes et tu fais cette g...-là! » L'autre a compris.

———

Une bonne affiche a souvent sauvé une mauvaise pièce.

Ne laissez pas un acteur vous apporter une pièce; d'avance, c'est une mauvaise pièce où il y a un bon rôle.

—————

Une lecture où les artistes font un succès à l'ouvrage : mauvais présage. Par contre, une lecture morne est d'excellent augure.

—————

Traitez le spectateur comme un ami intime. Demandez-lui de l'argent, et de la complaisance.

—————

Ne dites pas d'un auteur qui vous a quitté : « Il est fini! » Il recommence ailleurs!...

—————

Abstenez-vous de répondre aux calomnies et aux outrages; on vous en servirait une nouvelle tournée.

—————

Les deux premiers juges d'une pièce, et les plus sûrs sont le machiniste et le marchand de billets.

Affichez quelques superstitions, qui embelliront votre légende. Mais n'y croyez pas, sinon vous empoisonnerez votre vie.

Beaucoup d' « expériences » ne forment pas une expérience.

Les femmes sont le plus mauvais public; elles viennent se montrer, regardent dans la salle, cherchent à se faire remarquer, bavardent entre elles, évaluent la beauté et les toilettes des actrices, et ne prêtent aucune attention à la pièce. Après quoi, elles quittent le théâtre en disant tout haut : « C'est idiot! »

Ce que les femmes recherchent, dans l'opérette, c'est le dancing et le couturier.

Les amateurs de pièces gaies ont deux plaisirs : celui de rire d'abord, et celui de mépriser leur gaieté, ensuite.

Les mondains arrivent quand la pièce est commencée, ils ne l'écoutent pas parce qu'ils n'en ont pas connu la préparation, et ils s'en vont avant la fin. Et ce sont eux qui font la réputation de la pièce !

Une œuvre dramatique meurt avec son auteur; on ne *reprend* pas les morts.

Depuis des siècles, c'est le même mouchoir que les auteurs se dérobent les uns aux autres; quelques-uns ont la pudeur de le démarquer.

La tirade n'est plus de mode : on démolit tous les tunnels.

La maîtresse d'un auteur en vogue a nécessairement du talent.

Certaines actrices tiennent le haut du pavé; elles n'ont eu qu'à descendre du trottoir.

Depuis l'impôt sur le revenu, on remet tous les ans à neuf la plupart des théâtres.

———

« On refuse du monde au bureau! »... mais il y a quand même des places chez le marchand de billets, et des vides dans la salle.

———

La fonction d'acteur a ceci d'agréable qu'elle ne comporte pas de limite d'âge.

———

La vieillesse des Maîtres! Halévy racontait cette anecdote : Il était allé voir Koning, le directeur du Gymnase, afin de lui parler d'une pièce. Au milieu de l'entretien, un nécessaire apporte une carte, et Koning s'écrie : « Dites à ce vieux raseur que je suis en voyage! » Halévy jette un coup d'œil sur la carte, et lit : « Eugène Scribe, de l'Académie Française. »

———

On a multiplié les Théâtres de Jeunes; pourquoi ne ferait-on pas un Théâtre de Vieux?

Un dilemme se pose à tous les écrivains dramatiques : Pour être reçu, il faut avoir été joué, et pour être joué, il faut avoir été reçu.

———

L'auteur moderne : un monsieur qui est à la fois financier, directeur, comédien, metteur en scène, marchand de billets... et peut-être écrivain.

———

Ne confiez pas votre maîtresse, ne prêtez pas votre auto, ne sous-louez pas votre théâtre.

———

Ne faites pas de reprises; ou bien changez le titre de la pièce. Ce sera du stoppage.

———

Mon collègue X... m'a soufflé le fameux comique Gédéon, dont je ne voulais plus; je lui soufflerai Gédéon quand il n'en voudra plus; le malheur c'est que, chaque fois, Gédéon augmente son cachet.

Mon ingénue est enceinte, ma coquette divorce, ma soubrette est lâchée par son milliardaire, ma duègne fait faire sa première communion à son amant, mon accessoiriste prend un cinéma, mon comique entre dans les ordres, ma rondeur est neurasthénique, et cependant mon succès en cours marche vers la millième.

———

Les cabots se détestent, le personnel se querelle, les employés se jalousent, mais tout cela est baigné par la bonhomie et l'esprit de corps.

———

Un machiniste me dit : « Sans moi, vous ne joueriez pas ! »

Un acteur me dit : « Sans moi, vous ne joueriez pas ! »

Un auteur me dit : « Sans moi, vous ne joueriez pas ! »

Mais, moi, je pense : « Sans moi, est-ce que vous joueriez ? »

———

Un maître chanteur est venu, qui m'a réclamé

mille francs; avec cent sous, j'en ai fait un men-
diant.

———

Quand je n'avais pas de théâtre, on me refu-
sait la moindre scène, même à prix de diamant;
maintenant que je gouverne les coulisses, on
m'offre cent théâtres pour rien, pour le plaisir, et
parce que je suis *verni!*

———

Pour fonder une dynastie, il ne me manque
qu'un fils.

———

Je n'attends rien que du présent; quel dommage
qu'il se fane si vite!

———

Une bonne pièce finit à 23 h. 45. Ne cherchons
pas minuit à deux heures!

———

L'indulgence est la pire forme de l'indifférence.

Je ne veux pas être bien élevé, je perdrais toute
ma saveur.

Je ne rougis pas de mes origines, mais je n'aime
pas qu'on me les rappelle.

De quoi demain sera-t-il fait? Mais d'hier, tout
simplement!

Je n'ai pas eu le temps de me payer un vice.

On compte ensemble les sommes qui reviennent
aux Pauvres et aux Auteurs; ce sont les pauvres
qui sont assurés de toucher le plus, ils ne repas-
sent pas de droits.

Le public est un fauve que l'auteur dramatique
s'efforce de tenir en respect; une minute d'inat-
tention et le dompteur est dévoré.

Quelques rares auteurs ont la cote d'amour jusqu'au jour où, sans raison, ils tombent en discrédit; le public est comme le Pape, il fait payer ses indulgences.

Les critiques-auteurs sont les plus susceptibles; or, celui qui n'est pas capable d'entendre la vérité n'est pas digne de la dire aux autres.

Les hommes ne sont pas aussi honnêtes qu'ils le prétendent, ni aussi canailles qu'on les dit.

Des financiers m'ont prêté cent mille francs, qui ne m'eussent pas avancé cinq louis.

Quel que soit le triomphe d'une pièce, l'auteur regrette les dix représentations qu'il n'a pas eues.

Se défier de soi-même, et se méfier d'autrui.

On me dit : « Mon cher, vous êtes étonnant, vous rajeunissez! » Et je découvre ainsi que je vieillis..

———

La bonté est la forme la plus évidente du gâtisme.

———

J'admets la religion de l'Amitié, à condition que j'en sois le Dieu.

———

Quand on désire violemment une chose, elle arrive.

———

Pour être Directeur de Théâtre officiel, il faut avoir une âme de laquais. C'est pourquoi nous ambitionnons tous cette situation.

———

C'est avec du sourire que l'on pêche le plus de dévouements.

———

L'argent ne sert qu'à fabriquer des ingrats.

Le succès et le four nous valent autant d'ennemis; mais ils sont de qualité différente.

———

Le découragement n'est que l'excuse des imbéciles.

———

Vous m'attaquez, car vous espérez un sursaut de colère? Vous ne l'aurez pas; ma platitude guette vos excuses.

———

Celui qui meurt trop tôt se condamne; s'il avait duré, il aurait eu raison.

———

J'aime la vie pour ce qu'elle me donne et pour ce qu'elle me refuse. En fin de compte, je t'aurai, garce!

———

Elle m'a aimé, et j'ai cru qu'elle ne m'aimait pas; dès qu'elle ne m'a plus aimé, j'ai cru qu'elle m'aimait, et je l'ai aimée. Comme nous nous sommes fait souffrir inutilement!

Je lègue à mon successeur toutes les imperfections de ma maîtresse; je ne garde que le souvenir de ses qualités.

———

Une femme m'a fait signe, dans mes songes. Je la cherche encore.

———

Comme j'ai souffert d'être brutal! Et comme j'aurais souffert, si je ne l'avais été!

———

L'ambition n'est qu'un entraînement; les plus paresseux se laissent tirer par l'action, et vont, en dépit de leur lassitude, vers des sommets où le vertige les affole; il est plus facile de monter que de descendre.

———

Pour mépriser l'argent, il faut en avoir beaucoup; or, on n'en a jamais assez.

———

Je me suis ruiné pour une femme à qui j'ai,

plus tard, refusé cent sous. Quand ai-je été sincère?

———

Il n'y a qu'un plaisir, celui de dominer.

———

Amour, Fortune : on m'a volé. A qui m'en prendrai-je, sinon à moi qui me suis laissé voler? J'ai mieux aimé être dupe que dupeur, c'est moins fatigant.

———

La fortune seule confère la sérénité. L'absolue pauvreté seule confère le dédain; je préfère la fortune.

———

Etais-je nécessaire? Je ne le crois pas. Ai-je été inutile? Je ne le crois pas non plus. J'ai été, cela suffit.

———

La volonté est une invention des philosophes; les événements, les comparses veulent pour vous; après quoi, vous dites : « Je veux! » Et vous cédez.

J'ai connu un homme qui entendait composer d'avance sa vie comme une œuvre d'art. Il a fini par mourir, lui aussi; il était bien avancé!

Quand j'ai pu me payer des noisettes, je n'avais plus de dents.

Dites que je suis un salaud, ça m'est égal. Mais ne dites pas que je suis un parfait honnête homme, vous me vexeriez.

J'ai acheté un nombre incalculable de livres que je n'avais pas le temps de lire. Je mettais ainsi de la science à la caisse d'épargne pour ma vieillesse; mais je n'ai pas eu de vieillesse.

Je me regarde dans le miroir terni du Passé: j'y vois des visages de moi-même qui me font horreur, et pourtant je les regrette.

Un génie est souvent un imbécile mal compris.

———

Sans le snobisme, il n'y aurait pas de littérature.

———

J'attends le jeune maître à son troisième ouvrage : quelle faillite !

———

Brûlez toutes les bibliothèques, il y aura encore des plagiaires.

———

Les plus fervents apôtres de la natalité sont les eunuques; qu'est-ce qu'ils risquent?

———

Une pièce que l'on discute a donc assez de mérites pour être discutée?

———

Mon métier me dégoûte; pourquoi le fais-je? Parce qu'il me dégoûte.

J'ai dirigé cent théâtres, j'ai dirigé deux cents auteurs, quatre cents artistes; j'ai dirigé mille entreprises; j'ai dirigé tout, « fors que moi-même. »

J'arrête ici cette *psycholalie* du Directeur; je viens d'avoir environ deux cents pensées, à peu près ce que La Rochefoucauld eut durant toute sa vie. Je ne prétends pas m'aligner avec ce professionnel, je ne suis qu'un amateur désabusé. Je n'ai songé qu'à livrer le résultat d'une modeste expérience dont mes successeurs pourront, je l'espère, tirer profit. S'il m'est arrivé de mêler à des notes cursives des réflexions un peu ambitieuses, je m'empresse de m'en excuser. Pour être directeur on n'en est pas moins homme. Prenez là-dedans ce qui vous conviendra, puisque je suis couvert du linceul de l'anonyme.

2942-2-24. — Imp. HENRY MAILLET, 3, rue de Châtillon, Paris.

www.ingramcontent.com/pod-product-compliance
Ingram Content Group UK Ltd.
Pitfield, Milton Keynes, MK11 3LW, UK
UKHW022137070726
13613UKWH00003B/1368